U0165857

濁音・半濁音

<ruby>濁音<rt>だくおん</rt></ruby>・<ruby>半濁音<rt>はんだくおん</rt></ruby>

が ga	ぎ gi	ぐ gu	げ ge	ご go
ざ za	じ ji	ず zu	ぜ ze	ぞ zo
だ da	ぢ ji	づ zu	で de	ど do

ば ba	び bi	ぶ bu	べ be	ぼ bo
ぱ pa	ぴ pi	ぷ pu	ぺ pe	ぽ po

拗音
ようおん

きゃ kya	きゅ kyu	きょ kyo
しゃ sha	しゅ shu	しょ sho
ちゃ cha	ちゅ chu	ちょ cho
にゃ nya	にゅ nyu	にょ nyo
ひゃ hya	ひゅ hyu	ひょ hyo
みゃ mya	みゅ myu	みょ myo
りゃ rya	りゅ ryu	りょ ryo

ぎゃ gya	ぎゅ gyu	ぎょ gyo
じゃ ja	じゅ ju	じょ jo

びゃ bya	びゅ byu	びょ byo
ぴゃ pya	ぴゅ pyu	ぴょ pyo

片仮名
かた が な

ア a	イ i	ウ u	エ e	オ o
カ ka	キ ki	ク ku	ケ ke	コ ko
サ sa	シ shi	ス su	セ se	ソ so
タ ta	チ chi	ツ tsu	テ te	ト to
ナ na	ニ ni	ヌ nu	ネ ne	ノ no
ハ ha	ヒ hi	フ fu	ヘ he	ホ ho
マ ma	ミ mi	ム mu	メ me	モ mo
ヤ ya		ユ yu		ヨ yo
ラ ra	リ ri	ル ru	レ re	ロ ro
ワ wa				ヲ o
ン n				

ガ ga	ギ gi	グ gu	ゲ ge	ゴ go
ザ za	ジ ji	ズ zu	ゼ ze	ゾ zo
ダ da	ヂ ji	ヅ zu	デ de	ド do

バ ba	ビ bi	ブ bu	ベ be	ボ bo
パ pa	ピ pi	プ pu	ペ pe	ポ po

拗音 (ようおん)

キャ kya	キュ kyu	キョ kyo
シャ sha	シュ shu	ショ sho
チャ cha	チュ chu	チョ cho
ニャ nya	ニュ nyu	ニョ nyo
ヒャ hya	ヒュ hyu	ヒョ hyo
ミャ mya	ミュ myu	ミョ myo
リャ rya	リュ ryu	リョ ryo

ギャ gya	ギュ gyu	ギョ gyo
ジャ ja	ジュ ju	ジョ jo

ビャ bya	ビュ byu	ビョ byo
ピャ pya	ピュ pyu	ピョ pyo

目次

目次

目次

生活單字

日 <ruby>数字<rt>すうじ</rt></ruby> 音 su.u.ji	中 數字
日 <ruby>0<rt>ゼロ</rt></ruby> 音 ze.ro	中 零
日 <ruby>1<rt>いち</rt></ruby> 音 i.chi	中 一
日 <ruby>2<rt>に</rt></ruby> 音 ni	中 二
日 <ruby>3<rt>さん</rt></ruby> 音 sa.n	中 三
日 <ruby>4<rt>し</rt></ruby>、<ruby>4<rt>よん</rt></ruby> 音 si yo.n	中 四
日 <ruby>5<rt>ご</rt></ruby> 音 go	中 五
日 <ruby>6<rt>ろく</rt></ruby> 音 ro.ku	中 六

日 7 、7	中 七
しち なな	
音 si.chi na.na	

日 8	中 八
はち	
音 ha.chi	

日 9 、9	中 九
く きゅう	
音 ku kyu.u	

日 10	中 十
じゅう	
音 ju.u	

日 11	中 十一
じゅういち	
音 ju.u.i.chi	

日 12	中 十二
じゅうに	
音 ju.u.ni	

日 13	中 十三
じゅうさん	
音 ju.u.sa.n	

日 14	中 十四
じゅうよん	
音 ju.u.yo.n	

日 15 じゅうご 音 ju.u.go	中 十五
日 16 じゅうろく 音 ju.u.ro.ku	中 十六
日 17 、 17 じゅうしち　じゅうなな 音 ju.u.si.chi　ju.u.na.na	中 十七
日 18 じゅうはち 音 ju.u.ha.chi	中 十八
日 19 、 19 じゅうく　じゅうきゅう 音 ju.u.ku　ju.u.kyu.u	中 十九
日 20 にじゅう 音 ni.ju.u	中 二十
日 21 にじゅういち 音 ni.ju.u.i.chi	中 二十一
日 30 さんじゅう 音 sa.n.ju.u	中 三十

日 よんじゅう 4 0 音 yo.n.ju.u	中 四十
日 ごじゅう 5 0 音 go.ju.u	中 五十
日 ろくじゅう 6 0 音 ro.ku.ju.u	中 六十
日 しちじゅう　　ななじゅう 7 0 、　7 0 音 si.chi.ju.u　na.na.ju.u	中 七十
日 はちじゅう 8 0 音 ha.chi.ju.u	中 八十
日 きゅうじゅう 9 0 音 kyu.u.ju.u	中 九十
日 ひゃく 百 音 hya.ku	中 百
日 せん 千 音 se.n	中 千

日 万 まん 音 ma.n	中 萬
日 十万 じゅうまん 音 ju.u.ma.n	中 十萬
日 百万 ひゃくまん 音 hya.ku.ma.n	中 百萬
日 千万 せんまん 音 se.n.ma.n	中 千萬
日 一億 いちおく 音 i.chi.o.ku	中 一億
日 一兆 いっちょう 音 i.c.cho.o	中 一兆
日 一倍 いちばい 音 i.chi.ba.i	中 一倍
日 二倍 にばい 音 ni.ba.i	中 兩倍

さんばい 日 三倍 音 sa.n.ba.i	中 三倍
にぶんのいち 日 1／2 音 ni.bu.n.no.i.chi	中 二分之一
さんぶんのいち 日 1／3 音 sa.n.bu.n.no.i.chi	中 三分之一
にと　ごぶんのよん 日 2 4／5 音 ni.to.go.bu.n.no.yo.n	中 二又五分之四
れいてんいち 日 0．1 音 re.i.te.n.i.chi	中 零點一
にてんいちよん 日 2．14 音 ni.te.n.i.chi.yo.n	中 二點一四

日 度量衡（どりょうこう） 音 do.ryo.o.ko.o	中 度量衡
日 距離（きょり） 音 kyo.ri	中 距離
日 ミリ 音 mi.ri	中 公厘、毫米
日 センチ 音 se.n.chi	中 公分、釐米
日 メートル 音 me.e.to.ru	中 公尺、米
日 キロメートル 音 ki.ro.me.e.to.ru	中 公里、千米
日 ヤード 音 ya.a.do	中 碼
日 マイル 音 ma.i.ru	中 英里

日	中
面積（めんせき） 音 me.n.se.ki	面積
平方メートル（へいほう） 音 he.i.ho.o.me.e.to.ru	平方公尺
平方キロメートル（へいほう） 音 he.i.ho.o.ki.ro.me.e.to.ru	平方公里
アール 音 a.a.ru	公畝
ヘクタール 音 he.ku.ta.a.ru	公頃
エーカー 音 e.e.ka.a	英畝
重さ（おも） 音 o.mo.sa	重量
グラム 音 gu.ra.mu	克、公克

日 キログラム 音 ki.ro.gu.ra.mu	中 公斤
日 オンス 音 o.n.su	中 盎司
日 ポンド 音 po.n.do	中 （英）磅
日 トン 音 to.n	中 （公）噸
日 <ruby>体積<rt>たいせき</rt></ruby> 音 ta.i.se.ki	中 體積
日 <ruby>立方<rt>りっぽう</rt></ruby>センチ 音 ri.p.po.o.se.n.chi	中 立方公分
日 リットル 音 ri.t.to.ru	中 （公）升
日 <ruby>立方<rt>りっぽう</rt></ruby>メートル 音 ri.p.po.o.me.e.to.ru	中 立方米、 立方公尺

日 ノット 音 no.t.to	中 海里
日 速度（そくど） 音 so.ku.to	中 速度
日 温度（おんど） 音 o.n.do	中 溫度
日 摂氏（せっし） 音 se.s.si	中 攝氏
日 華氏（かし） 音 ka.si	中 華氏

日 年 とし 🔊 to.si	中 年
日 一昨年 お と と し 🔊 o.to.to.si	中 前年
日 去年 きょねん 🔊 kyo.ne.n	中 去年
日 今年 こ と し 🔊 ko.to.si	中 今年
日 来年 らいねん 🔊 ra.i.ne.n	中 明年
日 再来年 さ らいねん 🔊 sa.ra.i.ne.n	中 後年
日 月 つき 🔊 tsu.ki	中 月（份）
日 一月 いちがつ 🔊 i.chi.ga.tsu	中 一月

日 二月 〔にがつ〕 音 ni.ga.tsu	中 二月
日 三月 〔さんがつ〕 音 sa.n.ga.tsu	中 三月
日 四月 〔しがつ〕 音 si.ga.tsu	中 四月
日 五月 〔ごがつ〕 音 go.ga.tsu	中 五月
日 六月 〔ろくがつ〕 音 ro.ku.ga.tsu	中 六月
日 七月 〔しちがつ〕 音 si.chi.ga.tsu	中 七月
日 八月 〔はちがつ〕 音 ha.chi.ga.tsu	中 八月
日 九月 〔くがつ〕 音 ku.ga.tsu	中 九月

日 十月 じゅうがつ 音 ju.u.ga.tsu	中 十月
日 十一月 じゅういちがつ 音 ju.u.i.chi.ga.tsu	中 十一月
日 十二月 じゅうにがつ 音 ju.u.ni.ga.tsu	中 十二月
日 先月 せんげつ 音 se.n.ge.tsu	中 上個月
日 今月 こんげつ 音 ko.n.ge.tsu	中 這個月
日 来月 らいげつ 音 ra.i.ge.tsu	中 下個月

日 曜日（ようび） 音 yo.o.bi	中 星期
日 日曜日（にちようび） 音 ni.chi.yo.o.bi	中 星期日
日 月曜日（げつようび） 音 ge.tsu.yo.o.bi	中 星期一
日 火曜日（かようび） 音 ka.yo.o.bi	中 星期二
日 水曜日（すいようび） 音 su.i.yo.o.bi	中 星期三
日 木曜日（もくようび） 音 mo.ku.yo.o.bi	中 星期四
日 金曜日（きんようび） 音 ki.n.yo.o.bi	中 星期五
日 土曜日（どようび） 音 do.yo.o.bi	中 星期六

日 週 しゅう 音 shu.u	中 週
日 一週間 いっしゅうかん 音 i.s.shu.u.ka.n	中 一個星期
日 先週 せんしゅう 音 se.n.shu.u	中 上週
日 今週 こんしゅう 音 ko.n.shu.u	中 這週
日 来週 らいしゅう 音 ra.i.shu.u	中 下週
日 週末 しゅうまつ 音 shu.u.ma.tsu	中 週末
日 平日 へいじつ 音 he.i.ji.tsu	中 平日
日 休日 きゅうじつ 音 gyu.u.ji.tsu	中 假日、休息日

日 ひ 音 hi	中 …號、…日
日間 にっかん 音 ni.k.ka.n	中 …天
時間 じかん 音 ji.ka.n	中 …小時
時 じ 音 ji	中 …點
分 ふん 音 fu.n	中 …分
秒 びょう 音 byo.o	中 …秒
一昨日 おととい 音 o.to.to.i	中 前天
昨日 きのう 音 ki.no.o	中 昨天

日 今日（きょう） 音 kyo.o	中 今天
日 明日、明日（あす、あした） 音 a.su　　a.si.ta	中 明天
日 明後日（あさって） 音 a.sa.t.te	中 後天
日 午前（ごぜん） 音 go.ze.n	中 上午
日 午後（ごご） 音 go.go	中 下午
日 1時（いちじ） 音 i.chi.ji	中 1點
日 2時（にじ） 音 ni.ji	中 2點
日 3時（さんじ） 音 sa.n.ji	中 3點

日 4時 よじ 音 yo.ji	中 4點
日 5時 ごじ 音 go.ji	中 5點
日 6時 ろくじ 音 ro.ku.ji	中 6點
日 7時、7時 ななじ　しちじ 音 na.na.ji　si.chi.ji	中 7點
日 8時 はちじ 音 ha.chi.ji	中 8點
日 9時 くじ 音 ku.ji	中 9點
日 10時 じゅうじ 音 ju.u.ji	中 10點
日 11時 じゅういちじ 音 ju.u.i.chi.ji	中 11點

日 **12時** じゅうにじ 音 ju.u.ni.ji	中 12點
日 **日付** ひづけ 音 hi.zu.ke	中 日期
日 **朝** あさ 音 a.sa	中 早上、早晨
日 **昼** ひる 音 hi.ru	中 白天、中午
日 **夜** よる 音 yo.ru	中 夜晚、晚上
日 **夜明け** よ あ 音 yo.a.ke	中 黎明
日 **夕方** ゆうがた 音 yu.u.ga.ta	中 傍晚
日 **深夜** しんや 音 si.n.ya	中 深夜、深更半夜

日 季節（きせつ） 音 ki.se.tsu	中 季節
日 春（はる） 音 ha.ru	中 春天
日 夏（なつ） 音 na.tsu	中 夏天
日 秋（あき） 音 a.ki	中 秋天
日 冬（ふゆ） 音 fu.yu	中 冬天
日 四季（しき） 音 si.ki	中 四季

日 気象 きしょう 音 ki.sho.o	中 氣象
日 空 そら 音 so.ra	中 天空
日 土 つち 音 tsu.chi	中 土
日 山 やま 音 ya.ma	中 山
日 海 うみ 音 u.mi	中 海
日 川 かわ 音 ka.wa	中 河川
日 湖 みずうみ 音 mi.zu.u.mi	中 湖泊
日 太陽 たいよう 音 ta.i.yo.o	中 太陽

日 月 つき 音 tsu.ki	中 月
日 星 ほし 音 ho.si	中 星星
日 風 かぜ 音 ka.ze	中 風
日 晴れ は 音 ha.re	中 晴天
日 快晴 かいせい 音 ka.i.se.i	中 晴空萬里
日 曇 くもり 音 ku.mo.ri	中 陰天
日 雨 あめ 音 a.me	中 雨
日 小雨 こさめ 音 ko.sa.me	中 小雨

日 ごうう 豪雨 音 go.o.u	中 豪雨
日 ゆき 雪 音 yu.ki	中 雪
日 なだれ 雪崩 音 na.da.re	中 雪崩
日 みぞれ 霙 音 mi.zo.re	中 雪雨
日 きり 霧 音 ki.ri	中 霧
日 かみなり 雷 音 ka.mi.na.ri	中 打雷
日 らいう 雷雨 音 ra.i.u	中 雷雨
日 たいふう 台風 音 ta.i.fu.u	中 颱風

日 スコール 音 su.ko.o.ru	中 暴風、驟雨
日 気温（きおん） 音 ki.o.n	中 氣溫
日 湿度（しつど） 音 si.tsu.do	中 濕度
日 風力（ふうりょく） 音 fu.u.ryo.ku	中 風力
日 気圧（きあつ） 音 ki.a.tsu	中 氣壓
日 高気圧（こうきあつ） 音 ko.o.ki.a.tsu	中 高氣壓
日 低気圧（ていきあつ） 音 te.i.ki.a.tsu	中 低氣壓
日 光化学スモッグ（こうかがく） 音 ko.o.ka.ga.ku.su.mo.g.go	中 光化學霧

日 東 ひがし 音 hi.ga.si	中 東
日 西 にし 音 ni.si	中 西
日 南 みなみ 音 mi.na.mi	中 南
日 北 きた 音 ki.ta	中 北
日 北東 ほくとう 音 ho.ku.to.o	中 東北
日 北西 ほくせい 音 ho.ku.se.i	中 西北
日 南東 なんとう 音 na.n.to.o	中 東南
日 南西 なんせい 音 na.n.se.i	中 西南

日 木 き 音 ki	中 樹
日 根 ね 音 ne	中 根
日 幹 みき 音 mi.ki	中 樹幹
日 枝 えだ 音 e.da	中 樹枝
日 芽 め 音 me	中 芽
日 葉 は 音 ha	中 葉子
日 実 み 音 mi	中 果實
日 種子 しゅし 音 shu.si	中 種子

日 <ruby>松<rt>まつ</rt></ruby> 音 ma.tsu	中 松樹
日 <ruby>柏<rt>かしわ</rt></ruby> 音 ka.si.wa	中 槲樹
日 <ruby>檜<rt>ひのき</rt></ruby> 音 hi.no.ki	中 日本扁柏
日 <ruby>伊吹<rt>いぶき</rt></ruby> 音 i.bu.ki	中 檜
日 <ruby>杉<rt>すぎ</rt></ruby> 音 su.gi	中 杉樹
日 <ruby>柳<rt>やなぎ</rt></ruby> 音 ya.na.gi	中 柳樹
日 <ruby>白樺<rt>しらかば</rt></ruby> 音 si.ra.ka.ba	中 白樺
日 <ruby>銀杏<rt>いちょう</rt></ruby> 音 i.cho.o	中 銀杏

日 欅 (けやき) 音 ke.ya.ki	中 欅
日 栗の木 (くりのき) 音 ku.ri.no.ki	中 栗子樹
日 アカシア 音 a.ka.si.a	中 洋槐樹
日 桜 (さくら) 音 sa.ku.ra	中 櫻花樹
日 楓 (かえで) 音 ka.e.de	中 楓樹
日 梅 (うめ) 音 u.me	中 梅樹
日 椰子 (やし) 音 ya.si	中 椰子樹
日 竹 (たけ) 音 ta.ke	中 竹子

日 花 はな 音 ha.na	中 花
日 蒲公英 たんぽぽ 音 ta.n.po.po	中 蒲公英
日 菜の花 な　はな 音 na.no.ha.na	中 油菜花
日 チューリップ 音 chu.u.ri.p.pu	中 鬱金香
日 紫陽花 あじさい 音 a.ji.sa.i	中 繡球花
日 薔薇 ばら 音 ba.ra	中 玫瑰、薔薇
日 向日葵 ひまわり 音 hi.ma.wa.ri	中 向日葵
日 朝顔 あさがお 音 a.sa.ga.o	中 牽牛花、喇叭花

日 百合（ゆり） 音 yu.ri	中 百合
日 菖蒲（あやめ） 音 a.ya.me	中 菖蒲
日 菊（きく） 音 ki.ku	中 菊花
日 コスモス 音 ko.su.mo.su	中 大波斯菊
日 椿（つばき） 音 tsu.ba.ki	中 山茶花
日 水仙（すいせん） 音 su.i.se.n	中 水仙
日 シクラメン 音 si.ku.ra.me.n	中 仙客來
日 カーネーション 音 ka.a.ne.e.sho.n	中 康乃馨

日 マーガレット	中 瑪格麗特
音 ma.a.ga.re.t.to	

日 スイートピー	中 香豌豆花
音 su.i.i.to.pi.i	

日 ガーベラ	中 非洲菊
音 ga.a.be.ra	

日 <ruby>蘭<rt>らん</rt></ruby>	中 蘭花
音 ra.n	

日 モザミ	中 含羞草
音 mi.mo.za	

日 <ruby>菫<rt>すみれ</rt></ruby>	中 紫羅蘭
音 su.mi.re	

日 <ruby>牡丹<rt>ぼたん</rt></ruby>	中 牡丹
音 bo.ta.n	

日 <ruby>睡蓮<rt>すいれん</rt></ruby>	中 睡蓮
音 su.i.re.n	

日 顔 かお 音 ka.o	中 臉
日 髪の毛 かみ け 音 ka.mi.no.ke	中 頭髪
日 額、おでこ ひたい 音 hi.ta.i o.de.ko	中 額頭
日 目 め 音 me	中 眼睛
日 眉 まゆ 音 ma.yu	中 眉毛
日 睫毛 まつげ 音 ma.tsu.ge	中 睫毛
日 瞼 まぶた 音 ma.bu.ta	中 眼瞼
日 耳 みみ 音 mi.mi	中 耳朵

日 鼻 はな 音 ha.na	中 鼻子
日 口 くち 音 ku.chi	中 嘴
日 唇 くちびる 音 ku.chi.bi.ru	中 嘴唇
日 舌 した 音 si.ta	中 舌頭
日 歯 は 音 ha	中 牙齒
日 あご 音 a.go	中 下巴
日 鬚 ひげ 音 hi.ge	中 鬍子

日 体 かられ 音 ka.ra.da	中 身體
日 頭 あたま 音 a.ta.ma	中 頭
日 首 くび 音 ku.bi	中 脖子
日 肩 かた 音 ka.ta	中 肩膀
日 胸 むね 音 mu.ne	中 胸部
日 腹 はら 音 ha.ra	中 肚子
日 腰 こし 音 ko.si	中 腰
日 背 せ 音 se	中 背部

日 尻（しり） 音 si.ri	中 臀部、屁股
日 手（て） 音 te	中 手
日 指（ゆび） 音 yu.bi	中 手指、腳趾
日 掌（てのひら） 音 te.no.hi.ra	中 手掌
日 手首（てくび） 音 te.ku.bi	中 手腕
日 肘（ひじ） 音 hi.ji	中 手肘
日 腕（うで） 音 u.de	中 手臂
日 足（あし） 音 a.si	中 腿

日 膝（ひざ） 音 hi.za	中 膝蓋
日 股（もも） 音 mo.mo	中 大腿
日 脛（すね） 音 su.ne	中 小腿
日 脹脛（ふくらはぎ） 音 fu.ku.ra.ha.gi	中 腿肚
日 足首（あしくび） 音 a.si.ku.bi	中 腳踝
日 踵（かかと） 音 ka.ka.to	中 腳後跟

日	中
<ruby>内臓<rt>ないぞう</rt></ruby> 音 na.i.zo.o	内臟
<ruby>脳<rt>のう</rt></ruby> 音 no.o	腦
<ruby>骨<rt>ほね</rt></ruby> 音 ho.ne	骨頭
<ruby>筋肉<rt>きんにく</rt></ruby> 音 ki.n.ni.ku	肌肉
<ruby>血管<rt>けっかん</rt></ruby> 音 ke.k.ka.n	血管
<ruby>神経<rt>しんけい</rt></ruby> 音 si.n.ke.i	神經
<ruby>気管支<rt>きかんし</rt></ruby> 音 ki.ka.n.si	支氣管
<ruby>食道<rt>しょくどう</rt></ruby> 音 sho.ku.do.o	食道

日	中
はい 肺 音 ha.i	肺（臟）
しんぞう 心臟 音 si.n.zo.o	心臟
い 胃 音 i	胃
だいちょう 大腸 音 da.i.cho.o	大腸
しょうちょう 小腸 音 sho.o.cho.o	小腸
じゅうにしちょう 十二指腸 音 ju.u.ni.si.cho.o	十二指腸
もうちょう 盲腸 音 mo.o.cho.o	盲腸
かんぞう 肝臟 音 ka.n.zo.o	肝臟

日 膵臓 すいぞう 音 su.i.zo.o	中 胰臟
日 腎臓 じんぞう 音 ji.n.zo.o	中 腎臟
日 膀胱 ぼうこう 音 bo.o.ko.o	中 膀胱
日 肛門 こうもん 音 ko.o.mo.n	中 肛門

日 疾病 しっぺい 音 si.p.pe.i	中 疾病
日 病気 びょうき 音 byo.o.ki	中 病
日 赤痢 せきり 音 se.ki.ri	中 痢疾
日 コレラ 音 ko.re.ra	中 霍亂
日 チフス 音 chi.fu.su	中 傷寒
日 マラリア 音 ma.ra.ri.a	中 瘧疾
日 ジフテリア 音 ji.fu.te.ri.a	中 白喉
日 結核 けっかく 音 ke.k.ka.ku	中 結核病

日 エイズ 音 e.i.zu	中 愛滋病
日 アルツハイマー 病^{びょう} 音 a.ru.tsu.ha.i.ma.a.byo.o	中 阿茲海默 症
日 麻疹^{はしか} 音 ha.si.ka	中 麻疹
日 風邪^{かぜ} 音 ka.ze	中 感冒
日 おたふく風邪^{かぜ} 音 o.ta.fu.ku.ka.ze	中 腮腺炎
日 癌^{がん} 音 ga.n	中 癌症
日 頭痛^{ずつう} 音 zu.tsu.u	中 頭痛

日 生理痛（せいりつう） 音 se.i.ri.tsu.u	中 生理痛、經痛
日 食中毒（しょくちゅうどく） 音 sho.ku.chu.u.do.ku	中 食物中毒
日 盲腸炎（もうちょうえん） 音 mo.o.cho.o.e.n	中 盲腸炎、闌尾炎
日 腹痛（ふくつう） 音 fu.ku.tsu.u	中 腹痛
日 ストレス 音 su.to.re.su	中 壓力
日 虫歯（むしば） 音 mu.si.ba	中 蛀牙、齲齒
日 捻挫（ねんざ） 音 ne.n.za	中 扭傷、挫傷
日 骨折（こっせつ） 音 ko.s.se.tsu	中 骨折

日 脱臼 （だっきゅう） 音 da.k.kyu.u	中 脱臼
日 出血 （しゅっけつ） 音 syu.k.ke.tsu	中 流血
日 切り傷 （き きず） 音 ki.ri.ki.zu	中 割傷
日 刺し傷 （さ きず） 音 sa.si.ki.zu	中 刺傷
日 擦り傷 （かす きず） 音 ka.su.ri.ki.zu	中 擦傷
日 打撲 （だぼく） 音 da.bo.ku	中 碰傷

日 病院 びょういん 音 byo.o.i.n	中 醫院
日 救急病院 きゅうきゅうびょういん 音 kyu.u.kyu.u.byo.o.i.n	中 急救醫院
日 総合病院 そうごうびょういん 音 so.o.go.o.byo.o.i.n	中 綜合醫院
日 医者 いしゃ 音 i.sha	中 醫生
日 看護士 かんごし 音 ka.n.go.si	中 護士
日 レントゲン技師 ぎし 音 re.n.to.ge.n.gi.si	中 X光師
日 薬剤師 やくざいし 音 ya.ku.za.i.si	中 藥劑師
日 患者 かんじゃ 音 ka.n.ja	中 患者、病人

日 診察室 しんさつしつ 音 si.n.sa.tsu.si.tsu	中 診療室、 門診區
日 手術室 しゅじゅつしつ 音 shu.ju.tsu.si.tsu	中 手術房
日 病棟 びょうとう 音 byo.o.to.o	中 病房大樓
日 病室 びょうしつ 音 byo.o.si.tsu	中 病房
日 薬局 やっきょく 音 ya.k.kyo.ku	中 藥局
日 内科 ないか 音 na.i.ka	中 内科
日 外科 げか 音 ge.ka	中 外科
日 歯科 しか 音 si.ka	中 歯科

日 眼科（がんか） 音 ga.n.ka	中 眼科
日 産婦人科（さんふじんか） 音 sa.n.fu.ji.n.ka	中 婦產科
日 小児科（しょうにか） 音 sho.ni.ka	中 小兒科
日 耳鼻咽喉科（じびいんこうか） 音 ji.bi.i.n.ko.o.ka	中 耳鼻喉科
日 整形外科（せいけいげか） 音 se.i.ke.i.ge.ka	中 整形外科
日 レントゲン 音 re.n.to.ge.n	中 X光

15 商店

日本語	中文
商店 (しょうてん) 音 sho.o.te.n	商店
店 (みせ) 音 mi.se	店
八百屋 (やおや) 音 ya.o.ya	蔬菜店
花屋 (はなや) 音 ha.na.ya	（鮮）花店
魚屋 (さかなや) 音 sa.ka.na.ya	魚店
肉屋 (にくや) 音 ni.ku.ya	肉店
酒屋 (さかや) 音 sa.ka.ya	酒商、酒舖
パン屋 (パンや) 音 pa.n.ya	麵包店

日 <ruby>薬屋<rt>くすりや</rt></ruby> 音 ku.su.ri.ya	中 藥房
日 <ruby>文房具店<rt>ぶんぼうぐてん</rt></ruby> 音 bu.n.bo.o.gu.te.n	中 文具店
日 <ruby>靴屋<rt>くつや</rt></ruby> 音 ku.tsu.ya	中 鞋店
日 <ruby>本屋<rt>ほんや</rt></ruby> 音 ho.n.ya	中 書店
日 <ruby>雑貨屋<rt>ざっかや</rt></ruby> 音 za.k.ka.ya	中 雑貨店、雑貨舗
日 <ruby>時計屋<rt>とけいや</rt></ruby> 音 to.ke.i.ya	中 鐘錶行
日 <ruby>床屋<rt>とこや</rt></ruby> 音 to.ko.ya	中 理髪店
日 クリーニング<ruby>店<rt>てん</rt></ruby> 音 ku.ri.i.ni.n.gu.te.n	中 洗衣店

日	中
日 洋菓子店、 ケーキ屋 （ようがしてん、ケーキや） 音 yo.o.ga.si.te.n ke.e.ki.ya	中 糕餅店、 甜點店
日 玩具店 （がんぐてん） 音 ga.n.gu.te.n	中 玩具店
日 不動産屋 （ふどうさんや） 音 fu.do.o.sa.n.ya	中 不動產仲 介商
日 家具屋 （かぐや） 音 ka.gu.ya	中 家具店
日 キオスク 音 ki.o.su.ku	中 車站售貨 亭
日 スーパーマーケ ット 音 su.u.pa.a.ma.a.ke.t.to	中 超級市場
日 デパート 音 de.pa.a.to	中 百 貨 公 司、百貨 商場

日 服、衣服	中 衣服
音 fu.ku　i.fu.ku	
日 スーツ	中 套裝
音 su.u.tsu	
日 ズボン	中 褲子
音 zu.bo.n	
日 スラックス	中 休閒褲
音 su.ra.k.ku.su	
日 スカート	中 裙子
音 su.ka.a.to	
日 ミニスカート	中 迷你裙
音 mi.ni.su.ka.a.to	
日 ワンピース	中 連身裙
音 wa.n.pi.i.su	
日 シャツ	中 襯衫
音 sha.tsu	
日 ポロシャツ	中 POLO衫
音 po.ro.sha.tsu	

日 Tシャツ 音 ti.i.sha.tsu	中 T恤
日 セーター 音 se.e.ta.a	中 毛衣
日 タートルネック 音 ta.a.to.ru.ne.k.ku	中 高領
日 ベスト 音 be.su.to	中 背心
日 ブラウス 音 bu.ra.u.su	中 女用襯衫
日 着物(きもの) 音 ki.mo.no	中 和服
日 コート 音 ko.o.to	中 大衣
日 ジャケット 音 ja.ke.t.to	中 外套、夾克

日 ダウンジャケット	中 羽絨衣
音 da.u.n.ja.ke.t.to	
日 レインコート	中 雨衣
音 re.i.n.ko.o.to	
日 長袖 （ながそで）	中 長袖
音 na.ga.so.de	
日 半袖 （はんそで）	中 短袖
音 ha.n.so.de	
日 ノースリーブ	中 無袖
音 no.o.su.ri.i.bu	
日 ベルト	中 皮帶、腰帶
音 be.ru.to	
日 ネクタイ	中 領帶
音 ne.ku.ta.i	
日 マフラー	中 圍巾
音 ma.fu.ra.a	

日 スカーフ	中 領巾
音 su.ka.a.fu	

日 手袋 （てぶくろ）	中 手套
音 te.bu.ku.ro	

日 靴 （くつ）	中 鞋、皮鞋
音 ku.tsu	

日 靴下 （くつした）	中 襪子
音 ku.tsu.si.ta	

日 チマ	中 女性韓服的裙子
音 chi.ma	

日 チョゴリ	中 韓服的短上衣
音 cho.go.ri	

日 アクセサリー 音 a.ku.se.sa.ri.i	中 首飾
日 ヘアピン 音 he.a.pi.n	中 髮夾
日 ネックレス 音 ne.k.ku.re.su	中 項鍊
日 タイピン 音 ta.i.pi.n	中 領帶夾
日 カフスボタン 音 ka.fu.su.bo.ta.n	中 袖扣
日 ピアス 音 pi.a.su	中 耳環（耳針式）
日 イヤリング 音 i.ya.ri.n.gu	中 耳環
日 ブローチ 音 bu.ro.o.chi	中 別針
日 ブレスレット 音 bu.re.su.re.t.to	中 手鐲

日 指輪 ゆびわ	中 戒指
音 yu.bi.wa	
日 宝石 ほうせき	中 寶石
音 ho.o.se.ki	
日 純金 じゅんきん	中 純金
音 ju.n.ki.n	
日 ゴールド	中 黃金
音 go.o.ru.do	
日 プラチナ	中 白金
音 pu.ra.chi.na	
日 銀 ぎん	中 銀
音 gi.n	
日 ダイヤモンド	中 鑽石
音 da.i.ya.mo.n.do	
日 エメラルド	中 綠寶石
音 e.me.ra.ru.do	

日 オパール	中 蛋白石
音 o.pa.a.ru	
日 ルビー	中 紅寶石
音 ru.bi.i	
日 サファイア	中 藍寶石
音 sa.fa.i.a	
日 <ruby>真珠<rt>しんじゅ</rt></ruby>	中 珍珠
音 si.n.ju	
日 <ruby>翡翠<rt>ひ すい</rt></ruby>	中 翡翠
音 hi.su.i	
日 <ruby>瑪瑙<rt>め のう</rt></ruby>	中 瑪瑙
音 me.no.o	

日 化粧品 （けしょうひん）	中 化妝品
音 ke.sho.o.hi.n	

日 口紅 （くちべに）、 リップスティック	中 脣膏、口紅
音 ku.chi.be.ni ri.p.pu.su.ti.k.ku	

日 リップクリーム	中 護脣膏
音 ri.p.pu.ku.ri.i.mu	

日 リップグロス	中 脣彩
音 ri.p.pu.gu.ro.su	

日 アイシャドー	中 眼影
音 a.i.sha.do.o	

日 マスカラ	中 睫毛膏
音 ma.su.ka.ra	

日 化粧水 （けしょうすい）	中 化妝水
音 ke.sho.o.su.i	

日 乳液（にゅうえき） 音 nyu.u.e.ki	中 乳液
日 クレンジングクリーム 音 ku.re.n.ji.n.gu.ku.ri.i.mu	中 卸妝乳
日 コールドクリーム 音 ko.o.ru.do.ku.ri.i.mu	中 冷霜
日 ファンデーション 音 fa.n.de.e.sho.n	中 粉底 （霜）
日 アイブローペンシル 音 a.i.bu.ro.o.pe.n.si.ru	中 眉筆
日 パック 音 pa.k.ku	中 面膜
日 洗顔料（せんがんりょう） 音 se.n.ga.n.ryo.o	中 洗面乳

日 日焼けクリーム 音 hi.ya.ke.ku.ri.i.mu	中 仿曬霜	
日 日焼け止めクリーム 音 hi.ya.ke.do.me.ku.ri.i.mu	中 防曬霜	
日 シャンプー 音 sha.n.pu.u	中 洗髮精	
日 リンス 音 ri.n.su	中 潤絲精	
日 トリートメント 音 to.ri.i.to.me.n.to	中 護髮	
日 ヘアマニキュア 音 he.a.ma.ni.kyu.a	中 染髮劑	
日 石鹸 せっけん 音 se.k.ke.n	中 肥皂、香皂	

日 カット 音 ka.t.to	中 剪髮
日 パーマ 音 pa.a.ma	中 燙髮
日 カラーリング 音 ka.ra.a.ri.n.gu	中 染髮
日 セット 音 se.t.to	中 做造型
日 乾かす <small>かわ</small> 音 ka.wa.ka.su	中 吹乾
日 整髪する <small>せいはつ</small> 音 se.i.ha.tsu.su.ru	中 理髮
日 剃る、刈る <small>そ</small>　<small>か</small> 音 so.ru　ka.ru	中 剃
日 ひげを剃る <small>そ</small> 音 hi.ge.o.so.ru	中 刮鬍子

日 前髪（まえがみ）
音 ma.e.ga.mi
中 瀏海

日 髪を洗う（かみ・あら）
音 ka.mi.o.a.ra.u
中 洗頭

日 マッサージ
音 ma.s.sa.a.ji
中 馬殺雞、按摩

日 くし
音 ku.si
中 梳子

日 髪の分け目（かみ・わ・め）
音 ka.mi.no.wa.ke.me
中 頭髮分界線

日 整える（ととの）
音 to.to.no.e.ru
中 整理

日 きちんとする
音 ki.chi.n.to.su.ru
中 弄整齊

日 肉 にく 音 ni.ku	中 肉
日 牛肉 ぎゅうにく 音 gyu.u.ni.ku	中 牛肉
日 小牛の肉 こうし　にく 音 ko.o.si.no.ni.ku	中 小牛肉
日 豚肉 ぶたにく 音 bu.ta.ni.ku	中 豬肉
日 鶏肉 とりにく 音 to.ri.ni.ku	中 雞肉
日 鴨肉 かもにく 音 ka.mo.ni.ku	中 鴨肉
日 羊の肉 ひつじ　にく 音 hi.tsu.ji.no.ni.ku	中 羊肉
日 子羊の肉 こひつじ　にく 音 ko.hi.tsu.ji.no.ni.ku	中 小羊肉、 羔羊肉

日 挽肉（ひきにく） 音 hi.ki.ni.ku	中 絞肉
日 赤身（あかみ） 音 a.ka.mi	中 瘦肉
日 ロース 音 ro.o.su	中 腰肉
日 リブロース 音 ri.bu.ro.o.su	中 腰肉
日 ヒレ肉（にく） 音 hi.re.ni.ku	中 里肌肉、菲力
日 サーロイン 音 sa.a.ro.i.n	中 牛腰肉、沙朗牛肉
日 タン 音 ta.n	中 舌肉
日 レバー 音 re.ba.a	中 肝

日 鳥の股肉 (とり ももにく)	中 雞腿
音 to.ri.no.mo.mo.ni.ku	

日 ハム	中 火腿
音 ha.mu	

日 生ハム (なま)	中 生火腿
音 na.ma.ha.mu	

日 薫製 (くんせい)	中 燻製肉品
音 ku.n.se.i	

日 腸詰 (ちょうづめ)	中 臘腸
音 cho.o.zu.me	

日 ベーコン	中 培根
音 be.e.ko.n	

日 サラミ	中 義大利臘腸
音 sa.ra.mi	

日 野菜（やさい）
音 ya.sa.i
中 蔬菜

日 胡瓜（きゅうり）
音 kyu.u.ri
中 小黃瓜

日 茄子（なす）
音 na.su
中 茄子

日 人参（にんじん）
音 ni.n.ji.n
中 紅蘿蔔

日 大根（だいこん）
音 da.i.ko.n
中 白蘿蔔

日 薩摩芋（さつまいも）
音 sa.tsu.ma.i.mo
中 番薯

日 じゃが芋（いも）
音 ja.ga.i.mo
中 馬鈴薯

日 里芋（さといも）
音 sa.to.i.mo
中 芋頭

日 カボチャ 音 ka.bo.cha	中 南瓜
日 <ruby>牛蒡<rt>ごぼう</rt></ruby> 音 go.bo.o	中 牛蒡
日 <ruby>白菜<rt>はくさい</rt></ruby> 音 ha.ku.sa.i	中 白菜
日 <ruby>菠薐草<rt>ほうれんそう</rt></ruby> 音 ho.o.re.n.so.o	中 菠菜
日 <ruby>葱<rt>ねぎ</rt></ruby> 音 ne.gi	中 蔥
日 <ruby>玉葱<rt>たまねぎ</rt></ruby> 音 ta.ma.ne.gi	中 洋蔥
日 <ruby>莢隠元<rt>さやいんげん</rt></ruby> 音 sa.ya.i.n.ge.n	中 豆莢
日 <ruby>隠元豆<rt>いんげんまめ</rt></ruby> 音 i.n.ge.n.ma.me	中 四季豆

日	中
日 枝豆 えだまめ 音 e.da.ma.me	中 毛豆
日 生姜 しょうが 音 syo.o.ga	中 薑
日 大蒜 にんにく 音 ni.n.ni.ku	中 大蒜、蒜頭
日 トマト 音 to.ma.to	中 番茄
日 ピーマン 音 pi.i.ma.n	中 青椒
日 キャベツ 音 kya.be.tsu	中 高麗菜、捲心菜
日 芽キャベツ め 音 me.kya.be.tsu	中 芽甘藍
日 レタス 音 re.ta.su	中 萵苣

日 アスパラガス 音 a.su.pa.ra.ga.su	中 蘆筍
日 カリフラワー 音 ka.ri.fu.ra.wa.a	中 花椰菜
日 ブロッコリー 音 bu.ro.k.ko.ri.i	中 青花菜
日 セロリ 音 se.ro.ri	中 芹菜
日 パセリ 音 pa.se.ri	中 荷蘭芹、西洋芹
日 グリーンピース 音 gu.ri.i.n.pi.i.su	中 青豌豆
日 <ruby>玉蜀黍<rt>とうもろこし</rt></ruby> 音 to.o.mo.ro.ko.si	中 玉米
日 <ruby>茸<rt>きのこ</rt></ruby> 音 ki.no.ko	中 菇、蕈類

日 もやし 音 mo.ya.si	中 豆芽、豆芽菜
日 <ruby>蕪<rt>かぶ</rt></ruby> 音 ka.bu	中 蕪菁
日 <ruby>冬瓜<rt>とうがん</rt></ruby> 音 to.o.ga.n	中 冬瓜
日 <ruby>韮<rt>にら</rt></ruby> 音 ni.ra	中 韮菜
日 <ruby>蓮根<rt>れんこん</rt></ruby> 音 re.n.ko.n	中 蓮藕
日 <ruby>慈姑<rt>くわい</rt></ruby> 音 ku.wa.i	中 慈菇
日 <ruby>筍<rt>たけのこ</rt></ruby> 音 ta.ke.no.ko	中 竹筍

日 果物 <ruby>くだもの</ruby> 音 ku.da.mo.no	中 水果
日 杏 <ruby>あんず</ruby> 音 a.n.zu	中 杏
日 苺 <ruby>いちご</ruby> 音 i.chi.go	中 草莓
日 オレンジ 音 o.re.n.ji	中 柳丁
日 キウイ 音 ki.u.i	中 奇異果
日 グレープフルーツ 音 gu.re.e.pu.fu.ru.u.tsu	中 葡萄柚
日 サクランボ 音 sa.ku.ra.n.bo	中 櫻桃
日 西瓜 <ruby>すいか</ruby> 音 su.i.ka	中 西瓜

日 梨 (なし) **音** na.si	**中** 梨子
日 柿 (かき) **音** ka.ki	**中** 柿子
日 枇杷 (びわ) **音** bi.wa	**中** 枇杷
日 パイナップル **音** pa.i.na.p.pu.ru	**中** 鳳梨
日 バナナ **音** ba.na.na	**中** 香蕉
日 パパイヤ **音** pa.pa.i.ya	**中** 木瓜
日 葡萄 (ぶどう) **音** bu.do.o	**中** 葡萄
日 プラム **音** pu.ra.mu	**中** 李子

日 マンゴー 音 ma.n.go.o	中 芒果
日 蜜柑(みかん) 音 mi.ka.n	中 橘子
日 メロン 音 me.ro.n	中 哈密瓜
日 桃(もも) 音 mo.mo	中 桃子
日 林檎(りんご) 音 ri.n.go	中 蘋果
日 レモン 音 re.mo.n	中 檸檬
日 棗(なつめ) 音 na.tsu.me	中 棗子
日 無花果(いちじく) 音 i.chi.ji.ku	中 無花果

日	中
日 飲み物 音 no.mi.mo.no	中 飲料
日 水 音 mi.zu	中 水
日 ミネラルウォーター 音 mi.ne.ra.ru.wo.o.ta.a	中 礦泉水
日 炭酸水 音 ta.n.sa.n.su.i	中 汽水、碳酸飲料
日 赤ワイン 音 a.ka.wa.i.n	中 紅葡萄酒
日 白ワイン 音 si.ro.wa.i.n	中 白葡萄酒
日 ロゼ 音 ro.ze	中 玫瑰紅葡萄酒
日 ビール 音 bi.i.ru	中 啤酒

日 生ビール なま 音 na.ma.bi.i.ru	中 生啤酒
日 ウイスキー 音 wi.i.su.ki.i	中 威士忌
日 シャンパン 音 sha.n.pa.n	中 香檳酒
日 日本酒 にほんしゅ 音 ni.ho.n.shu	中 日本酒、 清酒
日 マッコリ 音 ma.k.ko.ri	中 韓國濁酒
日 紹興酒 しょうこうしゅ 音 sho.o.ko.o.shu	中 紹興酒
日 老酒 らおちゅう 音 ra.o.chu.u	中 老酒、陳 酒
日 茅台酒 まおたいしゅ 音 ma.o.ta.i.shu	中 茅臺酒

日 アルコール	中 酒精
音 a.ru.ko.o.ru	
日 カクテル	中 雞尾酒
音 ka.ku.te.ru	
日 コーラ	中 可樂
音 ko.o.ra	
日 ジュース	中 果汁
音 ju.u.su	
日 オレンジジュース	中 橘子汁、柳橙汁
音 o.re.n.ji.ju.u.su	
日 レモネード	中 檸檬水
音 re.mo.ne.e.do	
日 ジンジャーエール	中 薑汁汽水
音 ji.n.ja.a.e.e.ru	
日 ミルク	中 牛奶
音 mi.ru.ku	

日 コーヒー 音 ko.o.hi.i	中 咖啡
日 エスプレッソコーヒー 音 e.su.pu.re.s.so.ko.o.hi.i	中 義大利濃縮咖啡
日 カフェオレ 音 ka.fe.o.re	中 咖啡牛奶、咖啡歐蕾
日 カプチーノ 音 ka.pu.chi.i.no	中 卡布奇諾咖啡
日 アイスコーヒー 音 a.i.su.ko.o.hi.i	中 冰咖啡
日 紅茶(こうちゃ) 音 ko.o.cha	中 紅茶
日 ミルクティー 音 mi.ru.ku.ti.i	中 奶茶
日 レモンティー 音 re.mo.n.ti.i	中 檸檬紅茶

日 アイスティー 音 a.i.su.ti.i	中 冰紅茶
日 <ruby>緑<rt>りょくちゃ</rt></ruby> 茶 音 ryo.ku.cha	中 緑茶
日 <ruby>烏龍茶<rt>うーろんちゃ</rt></ruby> 音 u.u.ro.n.cha	中 烏龍茶
日 ジャスミン<ruby>茶<rt>ちゃ</rt></ruby> 音 ja.su.mi.n.cha	中 茉莉花茶
日 コーン<ruby>茶<rt>ちゃ</rt></ruby> 音 ko.o.n.cha	中 玉米茶
日 ココア 音 ko.ko.a	中 可可

日 味 あじ 音 a.ji	中 滋味
日 旨い うま 音 u.ma.i	中 好吃（男性用語）
日 美味しい お い 音 o.i.si.i	中 好吃
日 まずい 音 ma.zu.i	中 不好吃
日 美味 び み 音 bi.mi	中 美味
日 甘い あま 音 a.ma.i	中 甜
日 辛い から 音 ka.ra.i	中 辣
日 苦い にが 音 ni.ga.i	中 苦

日 渋い しぶ 音 si.bu.i	中 澀
日 酸っぱい す 音 su.p.pa.i	中 酸
日 塩辛い しおから 音 si.o.ka.ra.i	中 鹹
日 甘酸っぱい あまず 音 a.ma.zu.p.pa.i	中 酸甜
日 濃い こ 音 ko.i	中 濃、稠
日 薄い うす 音 u.su.i	中 淡
日 あっさり 音 a.s.sa.ri	中 清淡
日 しつこい 音 si.tsu.ko.i	中 濃膩

日 家族 (かぞく) 音 ka.zo.ku	中 家族
日 父 (ちち) 音 chi.chi	中 父親
日 母 (はは) 音 ha.ha	中 母親
日 兄 (あに) 音 a.ni	中 哥哥
日 姉 (あね) 音 a.ne	中 姐姐
日 弟 (おとうと) 音 o.to.o.to	中 弟弟
日 妹 (いもうと) 音 i.mo.o.to	中 妹妹
日 夫 (おっと) 音 o.t.to	中 丈夫

日 妻 _{つま} 音 tsu.ma	中 妻子
日 息子 _{むすこ} 音 mu.su.ko	中 兒子
日 娘 _{むすめ} 音 mu.su.me	中 女兒
日 祖父 _{そ ふ} 音 so.fu	中 爺爺
日 祖母 _{そ ぼ} 音 so.bo	中 奶奶
日 叔父 _{お じ} 音 o.ji	中 叔叔
日 伯父 _{お じ} 音 o.ji	中 伯伯
日 叔母 _{お ば} 音 o.ba	中 嬸嬸

日 伯母（おば） 音 o.ba	中 伯母
日 いとこ 音 i.to.ko	中 堂兄弟姊妹、表兄弟姊妹
日 甥（おい） 音 o.i	中 侄子、外甥
日 姪（めい） 音 me.i	中 姪女、外甥女
日 曾祖父（そうそふ） 音 so.o.so.fu	中 曾祖父
日 曾祖母（そうそぼ） 音 so.o.so.bo	中 曾祖母
日 孫（まご） 音 ma.go	中 孫子

日 曾孫 （ひまご） 音 hi.ma.go	中 曾孫
日 はとこ 音 ha.to.ko	中 從堂兄弟 姐妹
日 継父 （けいふ） 音 ke.i.fu	中 繼父
日 継母 （けいぼ） 音 ke.i.bo	中 繼母
日 養父 （ようふ） 音 yo.o.fu	中 養父
日 養母 （ようぼ） 音 yo.o.bo	中 養母
日 舅 （しゅうと） 音 shu.u.to	中 公公
日 姑 （しゅうとめ） 音 shu.u.to.me	中 婆婆

日 義兄（ぎけい） 音 gi.ke.i	中 姐夫
日 義姉（ぎし）、兄嫁（あによめ） 音 gi.si　a.ni.yo.me	中 嫂嫂、嫂子
日 弟嫁（おとうとよめ） 音 o.to.o.to.yo.me	中 弟媳、弟妹
日 義弟（ぎてい） 音 gi.te.i	中 小叔、大舅子
日 義兄（ぎけい）、夫（おっと）の兄（あに） 音 gi.ke.i　o.t.to.no.a.ni	中 大伯
日 夫（おっと）の弟（おとうと） 音 o.t.to.no.o.to.o.to	中 小叔
日 妻（つま）の兄弟（きょうだい） 音 tsu.ma.no.kyo.o.da.i	中 小舅子、内弟

日 義妹、 妻の妹 音 gi.ma.i tsu.ma.no.i.mo.o.to	中 小姨子、 妻妹
日 小姑、 夫の女兄弟 音 ko.ju.u.to.me o.t.to.no.o.n.na.kyo.o.da.i	中 小姑
日 親 音 o.ya	中 父母
日 両親 音 ryo.o.si.n	中 雙親
日 兄弟 音 kyo.o.da.i	中 兄弟
日 姉妹 音 si.ma.i	中 姐妹

日 夫婦 ふうふ 音 fu.u.fu	中 夫婦
日 子供 こども 音 ko.do.mo	中 小孩
日 児女 じじょ 音 ji.jo	中 子女
日 養子 ようし 音 yo.o.si	中 養子
日 養女 ようじょ 音 yo.o.jo	中 養女
日 末っ子 すえ こ 音 su.e.k.ko	中 老么
日 長男 ちょうなん 音 cho.o.na.n	中 長男
日 長女 ちょうじょ 音 cho.o.jo	中 長女

家族

日 **親戚** （しんせき） 音 si.n.se.ki	中 親戚
日 **先祖** （せんぞ） 音 se.n.zo	中 祖先
日 **母方** （ははがた） 音 ha.ha.ga.ta	中 母系
日 **父方** （ちちがた） 音 chi.chi.ga.ta	中 父系

日 家 いえ 音 i.e	中 房子、家
日 家具 か ぐ 音 ka.gu	中 家具
日 門、ドア もん 音 mo.n do.a	中 (大) 門
日 玄関 げんかん 音 ge.n.ka.n	中 玄關、門口
日 縁側 えんがわ 音 e.n.ga.wa	中 日式建築的外走廊
日 庭 にわ 音 ni.wa	中 庭園、院子
日 部屋 へ や 音 he.ya	中 房間
日 和室 わしつ 音 wa.si.tsu	中 和室

日 洋室 ようしつ 音 yo.o.si.tsu	中 西式房間
日 応接室 おうせつしつ 音 o.o.se.tsu.si.tsu	中 會客室、接待室
日 リビングルーム 音 ri.bi.n.gu.ru.u.mu	中 起居室
日 ダイニング 音 da.i.ni.n.gu	中 餐廳
日 書斎 しょさい 音 sho.sa.i	中 書房
日 寝室 しんしつ 音 si.n.si.tsu	中 臥室、臥房
日 浴室 よくしつ 音 yo.ku.si.tsu	中 浴室
日 トイレ 音 to.i.re	中 廁所、洗手間

日 キッチン 音 ki.c.chi.n	中 廚房
日 物置 (ものおき) 音 mo.no.o.ki	中 倉庫、儲藏室
日 屋根 (やね) 音 ya.ne	中 屋頂
日 窓 (まど) 音 ma.do	中 窗戶
日 車庫 (しゃこ) 音 sha.ko	中 車庫
日 塀 (へい)、垣 (かき) 音 he.i　ka.ki	中 （圍）牆
日 垣根 (かきね)、囲い (かこい) 音 ka.ki.ne　ka.ko.i	中 籬笆、柵欄、圍牆
日 ベランダ 音 be.ra.n.da	中 陽臺

日 インターホン	中 對講機
音 i.n.ta.a.ho.n	

日 表札 ^{ひょうさつ}	中 門牌
音 hyo.o.sa.tsu	

日 郵便受け ^{ゆうびん う}	中 信箱
音 yu.u.bi.n.u.ke	

日 家具（かぐ） 音 ka.gu	中 傢俱
日 箪笥（たんす） 音 ta.n.su	中 衣櫃、衣櫥
日 椅子（いす） 音 i.su	中 椅子
日 長椅子（ながいす） 音 na.ga.i.su	中 長椅、長凳
日 ソファー 音 so.fa.a	中 沙發
日 肘掛け椅子（ひじかけいす） 音 hi.ji.ka.ke.i.su	中 扶手椅
日 机（つくえ） 音 tsu.ku.e	中 書桌、桌子
日 テーブル 音 te.e.bu.ru	中 桌子

日 本棚 (ほんだな)	中 書架
音 ho.n.da.na	

日 食器棚 (しょっきだな)	中 碗櫃
音 sho.k.ki.da.na	

日 カーテン	中 窗簾
音 ka.a.te.n	

日 絨毯 (じゅうたん)	中 地毯
音 ju.u.ta.n	

日 ベッド	中 床
音 be.d.do	

日 シングルベッド	中 單人床
音 si.n.gu.ru.be.d.do	

日 ダブルベッド	中 雙人床
音 da.bu.ru.be.d.do	

日 台所用品 だいどころようひん 音 da.i.do.ko.ro.yo.o.hi.n	中 廚房用品
日 鍋 なべ 音 na.be	中 鍋子
日 圧力鍋 あつりょくなべ 音 a.tsu.ryo.ku.na.be	中 壓力鍋
日 薬缶 やかん 音 ya.ka.n	中 水壺
日 フライパン 音 fu.ra.i.pa.n	中 煎鍋、平底鍋
日 包丁 ほうちょう 音 ho.u.cho.o	中 菜刀
日 俎板 まないた 音 ma.na.i.ta	中 砧板
日 杓子 しゃくし 音 sha.ku.si	中 勺子

日 杓文字（しゃもじ）
音 sha.mo.ji

中 飯勺

日 ボウル
音 bo.o.ru

中 碗

日 水切りボウル（みずき）
音 mi.zu.ki.ri.bo.o.ru

中 瀝水器

日 計量コップ（けいりょう）
音 ke.i.ryo.o.ko.p.pu

中 量杯

日 ミキサー
音 mi.ki.sa.a

中 食物調理機

日 調理ばさみ（ちょうり）
音 cho.o.ri.ba.sa.mi

中 廚房用剪刀

日 フライ返し（がえ）
音 fu.ra.i.ga.e.si

中 鍋鏟

日 泡立て器（あわた）（き）
音 a.wa.ta.te.ki

中 打蛋器

日 食器 しょっき 音 sho.k.ki	中 餐具
日 コップ、カップ 音 ko.p.pu　　ka.p.pu	中 杯子
日 ティーカップ 音 ti.i.ka.p.pu	中 茶杯
日 グラス 音 gu.ra.su	中 玻璃杯
日 ワイングラス 音 wa.i.n.gu.ra.su	中 葡萄酒杯
日 ジョッキ 音 jo.k.ki	中 大啤酒杯
日 水差し みずさ 音 mi.zu.sa.si	中 水瓶、水罐
日 ティーポット 音 ti.i.po.t.to	中 茶壺

日 コーヒーポット 音 ko.o.hi.i.po.t.to	中 咖啡壺
日 デミタスカップ 音 de.mi.ta.su.ka.p.pu	中 小咖啡杯
日 コースター、 ソーサー 音 ko.o.su.ta.a so.o.sa.a	中 咖啡盤、 小碟子
日 皿 <small>さら</small> 音 sa.ra	中 盤子
日 小皿 <small>こざら</small> 音 ko.za.ra	中 碟子
日 大皿 <small>おおざら</small> 音 o.o.za.ra	中 大淺盤
日 お碗 <small>わん</small> 音 o.wa.n	中 碗
日 箸 <small>はし</small> 音 ha.si	中 筷子

日 スプーン 音 su.pu.u.n	中 湯匙
日 フォーク 音 fo.o.ku	中 叉子
日 ナイフ 音 na.i.fu	中 餐刀
日 ストロー 音 su.to.ro.o	中 吸管

日 電気製品 でんきせいひん 音 de.n.ki.se.i.hi.n	中 電器用品
日 冷房 れいぼう 音 re.i.bo.o	中 冷氣設備
日 扇風機 せんぷうき 音 se.n.pu.u.ki	中 電（風）扇
日 暖房 だんぼう 音 da.n.bo.o	中 暖氣設備
日 ストーブ 音 su.to.o.bu	中 火爐、暖爐
日 掃除機 そうじき 音 so.o.ji.ki	中 吸塵器
日 洗濯機 せんたくき 音 se.n.ta.ku.ki	中 洗衣機
日 乾燥機 かんそうき 音 ka.n.so.o.ki	中 烘乾機

日 ドライヤー 音 do.ra.i.ya.a	中 吹風機
日 電気、電灯 （でんき、でんとう） 音 de.n.ki　de.n.to.o	中 電燈
日 卓上電気スタンド （たくじょうでんき） 音 ta.ku.jo.o.de.n.ki.su.ta.n.do	中 檯燈
日 冷蔵庫 （れいぞうこ） 音 re.i.zo.o.ko	中 （電）冰箱、冷藏庫
日 冷凍庫 （れいとうこ） 音 re.i.to.o.ko	中 冰櫃、冷凍庫
日 電子レンジ （でんし） 音 de.n.si.re.n.ji	中 微波爐
日 テレビ 音 te.re.bi	中 電視

日 ビデオデッキ 音 bi.de.o.de.k.ki	中 錄影機
日 ラジカセ 音 ra.ji.ka.se	中 收錄音機
日 DVDデッキ 音 di.i.bu.i.di.i.de.k.ki	中 DVD錄放影機
日 テレビゲーム 音 te.re.bi.ge.e.mu	中 電視遊樂器
日 ステレオ 音 su.te.re.o	中 （組合）音響
日 パソコン 音 pa.so.ko.n	中 個人電腦
日 プリンター 音 pu.ri.n.ta.a	中 印表機
日 ファックス 音 fa.k.ku.su	中 傳真機
日 コピー機 音 ko.pi.i.ki	中 影印機

日 学校 がっこう 音 ga.k.ko.o	中 學校
日 幼稚園 ようちえん 音 yo.o.chi.e.n	中 幼稚園
日 小学校 しょうがっこう 音 sho.o.ga.k.ko.o	中 國小
日 中学校 ちゅうがっこう 音 chu.u.ga.k.ko.o	中 國中
日 高校 こうこう 音 ko.o.ko.o	中 高中
日 大学 だいがく 音 da.i.ga.ku	中 大學
日 大学院 だいがくいん 音 da.i.ga.ku.i.n	中 研究所
日 塾、予備校 じゅく よびこう 音 ju.ku yo.bi.ko.o	中 補習班

日 図書館 としょかん 音 to.sho.ka.n	中 圖書館
日 教科書 きょうかしょ 音 kyo.o.ka.sho	中 教科書
日 辞書、辞典 じしょ　じてん 音 ji.sho　ji.te.n	中 辭典
日 グラウンド、運動場 うんどうじょう 音 gu.ra.u.n.do u.n.do.o.jo.o	中 運動場
日 教育 きょういく 音 kyo.o.i.ku	中 教育
日 授業 じゅぎょう 音 ju.gyo.o	中 課、上課
日 休み やす 音 ya.su.mi	中 放假

日 宿題 しゅくだい 音 shu.ku.da.i	中 作業、課題
日 先生 せんせい 音 se.n.se.i	中 老師
日 試験 しけん 音 si.ke.n	中 測驗、考試
日 成績 せいせき 音 se.i.se.ki	中 成績
日 学期 がっき 音 ga.k.ki	中 學期
日 学年 がくねん 音 ga.ku.ne.n	中 學年
日 入学 にゅうがく 音 nyu.u.ga.ku	中 入學
日 卒業 そつぎょう 音 so.tsu.gyo.o	中 畢業

日 留学 りゅうがく 音 ryu.u.ga.ku	中 留學
日 サークル 音 sa.a.ku.ru	中 社團
日 予習 よしゅう 音 yo.shu.u	中 預習
日 復習 ふくしゅう 音 fu.ku.shu.u	中 複習
日 練習 れんしゅう 音 re.n.shu.u	中 練習
日 数学 すうがく 音 su.u.ga.ku	中 數學
日 外国語 がいこくご 音 ga.i.ko.ku.go	中 外國語
日 体育 たいいく 音 ta.i.i.ku	中 體育

日 文房具 ぶんぼうぐ 音 bu.n.bo.o.gu	中 文具
日 鉛筆 えんぴつ 音 e.n.pi.tsu	中 鉛筆
日 シャープペンシル 音 sha.a.pu.pe.n.si.ru	中 自動鉛筆
日 消しゴム け 音 ke.si.go.mu	中 橡皮擦
日 万年筆 まんねんひつ 音 ma.n.ne.n.hi.tsu	中 鋼筆
日 ボールペン 音 bo.o.ru.pe.n	中 鋼珠筆、 原子筆
日 修正液 しゅうせいえき 音 shu.u.se.i.e.ki	中 修正液、 立可白
日 修正テープ しゅうせい 音 shu.u.se.i.te.e.pu	中 修正帶

日 インク 音 i.n.ku	中 墨水
日 定規（じょうき） 音 jo.o.ki	中 直尺
日 コンパス 音 ko.n.pa.su	中 圓規
日 絵の具（え・ぐ） 音 e.no.gu	中 顏料、水彩
日 クレヨン 音 ku.re.yo.n	中 蠟筆
日 クレパス 音 ku.re.pa.su	中 粉蠟筆
日 色鉛筆（いろえんぴつ） 音 i.ro.e.n.pi.tsu	中 彩色鉛筆
日 パレット 音 pa.re.t.to	中 調色盤

日 スケッチブック 音 su.ke.c.chi.bu.k.ku	中 素描簿
日 ノート 音 no.o.to	中 筆記本
日 <ruby>手帳<rt>てちょう</rt></ruby> 音 te.cho.o	中 記事本、 手冊
日 <ruby>日記帳<rt>にっきちょう</rt></ruby> 音 ni.k.ki.cho.o	中 日記本
日 <ruby>原稿用紙<rt>げんこうようし</rt></ruby> 音 ge.n.ko.o.yo.o.si	中 稿紙
日 ルーズリーフ 音 ru.u.zu.ri.i.fu	中 活頁（筆 記本）
日 バインダー 音 ba.i.n.da.a	中 文件夾
日 <ruby>糊<rt>のり</rt></ruby> 音 no.ri	中 漿糊

日 接着剤 せっちゃくざい 音 se.c.cha.ku.za.i	中 膠水、接著劑
日 画鋲 がびょう 音 ga.byo.o	中 圖釘
日 セロテープ 音 se.ro.te.e.pu	中 （透明）膠帶
日 テープカッター 音 te.e.pu.ka.t.ta.a	中 膠臺
日 クリップ 音 ku.ri.p.pu	中 迴紋針、夾子
日 ホッチキス 音 ho.c.chi.ki.su	中 釘書機
日 ステープル 音 su.te.e.pu.ru	中 釘書針

日 色 いろ 音 i.ro	中 顔色
日 黒 くろ 音 ku.ro	中 黑色
日 グレー 音 gu.re.e	中 灰色
日 白 しろ 音 si.ro	中 白色
日 青 あお 音 a.o	中 藍色、綠色
日 赤 あか 音 a.ka	中 紅色
日 緑 みどり 音 mi.do.ri	中 綠色
日 茶 ちゃ 音 cha	中 褐色

日	中
紫（むらさき） 音 mu.ra.sa.ki	紫色
黄色（きいろ） 音 ki.i.ro	黄色
黄緑（きみどり） 音 ki.mi.do.ri	黄緑色
透明（とうめい） 音 to.o.me.i	透明
オレンジ 音 o.re.n.ji	橘色
空色（そらいろ） 音 so.ra.i.ro	天藍色
ピンク 音 pi.n.ku	粉紅色
紺（こん） 音 ko.n	藏青色、深藍色

日 ベージュ 音 be.e.ju	中 淺駝色
日 金色^{きんいろ} 音 ki.n.i.ro	中 金黃色
日 銀色^{ぎんいろ} 音 gi.n.i.ro	中 銀色
日 肌色^{はだいろ} 音 ha.da.i.ro	中 膚色
日 派手^{はで} 音 ha.de	中 華麗
日 地味^{じみ} 音 ji.mi	中 樸素

日 スポーツ 音 su.po.o.tsu	中 運動
日 柔道（じゅうどう） 音 ju.u.do.o	中 柔道
日 体操（たいそう） 音 ta.i.so.o	中 體操
日 新体操（しんたいそう） 音 si.n.ta.i.so.o	中 藝術體操
日 バレーボール 音 ba.re.e.bo.o.ru	中 排球
日 バスケットボール 音 ba.su.ke.t.to.bo.o.ru	中 籃球
日 ハンドボール 音 ha.n.do.bo.o.ru	中 手球
日 卓球（たっきゅう） 音 ta.k.kyu.u	中 乒乓球

日 バドミントン 音 ba.do.mi.n.to.n	中 羽毛球
日 テニス 音 ta.ni.su	中 網球
日 ラグビー 音 ra.gu.bi.i	中 橄欖球
日 アメリカンフットボール 音 a.me.ri.ka.n.fu.t.to.bo.o.ru	中 美式足球
日 野球（やきゅう） 音 ya.kyu.u	中 棒球
日 ソフトボール 音 so.fu.to.bo.o.ru	中 壘球
日 サッカー 音 sa.k.ka.a	中 足球
日 フットサル 音 fu.u.to.sa.ru	中 迷你足球

日	中
ゴルフ 音 go.ru.fu	高爾夫球
すいえい 水泳 音 su.i.e.i	游泳
すいきゅう 水 球 音 su.i.kyu.u	水球
クロール 音 ku.ro.o.ru	自由式
ひらおよ 平泳ぎ 音 hi.ra.o.yo.gi	蛙泳、蛙式
せおよ 背泳ぎ 音 se.o.yo.gi	仰泳、仰式
バタフライ 音 ba.ta.fu.ra.i	蝶泳、蝶式
サーフィン 音 sa.a.fi.n	衝浪

日 スケート	中 滑冰、溜冰
音 su.ke.e.to	
日 フィギュアスケート	中 花式溜冰
音 fi.gyu.a.su.ke.e.to	
日 スキー	中 滑雪
音 su.ki.i	
日 マラソン	中 馬拉松
音 ma.ra.so.n	
日 <ruby>陸上競技<rt>りくじょうきょうぎ</rt></ruby>	中 田徑賽
音 ri.ku.jo.o.kyo.o.gi	
日 100メートル<ruby>走<rt>そう</rt></ruby> <ruby>100<rt>ひゃく</rt></ruby>	中 百米短跑
音 hya.ku.me.e.to.ru.so.o	
日 <ruby>障害物競走<rt>しょうがいぶつきょうそう</rt></ruby>	中 障礙賽跑
音 sho.o.ga.i.bu.tsu.kyo.o.so.o	

日	中
ハンマー投げ 音 ha.n.ma.a.na.ge	（擲）鏈球
槍投げ 音 ya.ri.na.ge	標槍
幅跳び 音 ha.ba.to.bi	跳遠
走り高跳び 音 ha.si.ri.ta.ka.to.bi	跳高
棒高跳び 音 bo.o.ta.ka.to.bi	撐竿跳
自転車競技 音 ji.te.n.sha.kyo.o.gi	自行車賽
ロードレース 音 ro.o.do.re.e.su	公路賽

日	中
日 サッカー 音 sa.k.ka.a	中 足球
日 ワールドカップ 音 wa.a.ru.do.ka.p.pu	中 世界杯
日 フーリガン 音 fu.u.ri.ga.n	中 足球流氓
日 ゴール 音 go.o.ru	中 球門
日 キックオフ 音 ki.k.ku.o.fu	中 開球
日 前半 <ruby>前半<rt>ぜんはん</rt></ruby> 音 ze.n.ha.n	中 上半場
日 後半 <ruby>後半<rt>こうはん</rt></ruby> 音 ko.o.ha.n	中 下半場
日 ロスタイム 音 ro.su.ta.i.mu	中 傷停時間

日	中
日 ハーフタイム 音 ha.a.fu.ta.i.mu	中 中場休息
日 ハットトリック 音 ha.t.to.to.ri.k.ku	中 帽子戲法
日 パス 音 pa.su	中 傳球
日 ドリブル 音 do.ri.bu.ru	中 運球
日 カウンターアタック 音 ka.u.n.ta.a.a.ta.k.ku	中 反擊
日 ヘディング 音 he.di.n.gu	中 頭球
日 インサイドキック 音 i.n.sa.i.do.ki.k.ku	中 內側踢球
日 シュート 音 shu.u.to	中 射門

日	中
日 オーバーヘッドキック 音 o.o.ba.a.he.d.do.ki.k.ku	中 倒鉤球
日 プレス 音 pu.re.su	中 防守
日 ペナルティーキック 音 pe.na.ru.ti.i.ki.k.ku	中 罰球
日 コーナーキック 音 ko.o.na.a.ki.k.ku	中 角球
日 直接フリーキック 音 cho.ku.se.tsu.fu.ri.i.ki.k.ku	中 直接自由球
日 間接フリーキック 音 ka.n.se.tsu.fu.ri.i.ki.k.ku	中 間接自由球
日 イエローカード 音 i.e.ro.o.ka.a.do	中 黃牌

日	中
日 レッドカード 音 re.d.do.ka.a.do	中 紅牌
日 退場 _{たいじょう} 音 ta.i.jo.o	中 罰出場
日 警告 _{けいこく} 音 ke.i.ko.ku	中 警告
日 ポジション 音 po.ji.sho.n	中 位置
日 ストライカー 音 su.to.ra.i.ka.a	中 前鋒型射手
日 フォワード 音 fo.wa.a.do	中 前鋒
日 ミッドフィルダー 音 mi.d.do.fi.ru.da.a	中 中場
日 ディフェンダー 音 di.fe.n.da.a	中 後衛

日 ゴールキーパー 音 go.o.ru.ki.i.pa.a	中 守門員
日 オフサイド 音 o.fu.sa.i.do	中 越位
日 イスローン 音 su.ro.o.i.n	中 擲界外球
日 <ruby>反則<rt>はんそく</rt></ruby> 音 ha.n.so.ku	中 犯規
日 <ruby>審判<rt>しんぱん</rt></ruby> 音 si.n.pa.n	中 裁判 （員）
日 <ruby>副審判<rt>ふくしんぱん</rt></ruby> 音 fu.ku.si.n.pa.n	中 副裁判
日 <ruby>監督<rt>かんとく</rt></ruby> 音 ka.n.to.ku	中 總教練
日 <ruby>代表監督<rt>だいひょうかんとく</rt></ruby> 音 da.i.hyo.o.ka.n.to.ku	中 國家隊總 教練

日 趣味 しゅみ 音 shu.mi	中 興趣
日 釣り つ 音 tsu.ri	中 釣魚
日 旅行 りょこう 音 ryo.ko.o	中 旅行
日 登山 とざん 音 to.za.n	中 登山
日 読書 どくしょ 音 do.ku.sho	中 看書、閱讀
日 料理 りょうり 音 ryo.o.ri	中 做菜
日 音楽 おんがく 音 o.n.ga.ku	中 音樂
日 映画 えいが 音 e.i.ga	中 電影

日 動物 音 do.o.bu.tsu	中 動物
日 ライオン 音 ra.i.o.n	中 獅子
日 虎 音 to.ra	中 老虎
日 豹 音 hyo.o	中 豹
日 麒麟 音 ki.ri.n	中 長頸鹿
日 象 音 zo.o	中 大象
日 鹿 音 si.ka	中 鹿
日 豚 音 bu.ta	中 豬

日 牛（うし） 音 u.si	中 牛
日 羊（ひつじ） 音 hi.tsu.ji	中 羊
日 山羊（やぎ） 音 ya.gi	中 山羊
日 熊（くま） 音 ku.ma	中 熊
日 駱駝（らくだ） 音 ra.ku.da	中 駱駝
日 河馬（かば） 音 ka.ba	中 河馬
日 パンダ 音 pa.n.da	中 熊貓、貓熊
日 コアラ 音 ko.a.ra	中 無尾熊

日 カンガルー 音 ka.n.ga.ru.u	中 袋鼠
日 栗鼠（りす） 音 ri.su	中 松鼠
日 猿（さる） 音 sa.ru	中 猴子
日 ゴリラ 音 go.ri.ra	中 大猩猩
日 狼（おおかみ） 音 o.o.ka.mi	中 狼
日 狸（たぬき） 音 ta.nu.ki	中 狸貓
日 狐（きつね） 音 ki.tsu.ne	中 狐狸
日 猪（いのしし） 音 i.no.si.si	中 野猪

日 兎 うさぎ 音 u.sa.gi	中 兔子
日 野兎 のうさぎ 音 no.u.sa.gi	中 野兔
日 鼠 ねずみ 音 ne.zu.mi	中 老鼠
日 犬 いぬ 音 i.nu	中 狗
日 猫 ねこ 音 ne.ko	中 貓
日 鯨 くじら 音 ku.ji.ra	中 鯨魚
日 海豹 あざらし 音 a.za.ra.si	中 海豹
日 海豚 いるか 音 i.ru.ka	中 海豚

日	中
<ruby>鳥<rt>とり</rt></ruby> 音 to.ri	鳥
<ruby>鶏<rt>にわとり</rt></ruby> 音 ni.wa.to.ri	雞
<ruby>七面鳥<rt>しちめんちょう</rt></ruby> 音 si.chi.me.n.cho.o	火雞
アヒル 音 a.hi.ru	鴨子
<ruby>白鳥<rt>はくちょう</rt></ruby> 音 ha.ku.cho.o	天鵝
<ruby>鶴<rt>つる</rt></ruby> 音 tsu.ru	鶴
<ruby>鷹<rt>たか</rt></ruby> 音 ta.ka	鷹
<ruby>鷲<rt>わし</rt></ruby> 音 wa.si	鵰、鷲

日 コンドル	中 禿鷹
音 ko.n.do.ru	
日 啄木鳥（きつつき）	中 啄木鳥
音 ki.tsu.tsu.ki	
日 燕（つばめ）	中 燕子
音 tsu.ba.me	
日 水鳥（みずとり）	中 水鳥
音 mi.zu.to.ri	
日 郭公（かっこう）	中 布穀鳥
音 ka.k.ko.o	
日 鳩（はと）	中 鴿子
音 ha.to	
日 アホウドリ	中 信天翁
音 a.ho.o.do.ri	
日 鶯（うぐいす）	中 黃鶯
音 u.gu.i.su	

日	中
かもめ 鴎 音 ka.mo.me	海鷗
ひばり 雲雀 音 hi.ba.ri	雲雀
つぐみ 鶫 音 tsu.gu.mi	斑點鶇
からす 烏 音 ka.ra.su	烏鴉
ふくろう 梟 音 fu.ku.ro.o	貓頭鷹
ペンギン 音 pe.n.gi.n	企鵝

日	中
<ruby>魚<rt>さかな</rt></ruby> 音 sa.ka.na	魚
<ruby>鯛<rt>たい</rt></ruby> 音 ta.i	鯛魚
<ruby>鰯<rt>いわし</rt></ruby> 音 i.wa.si	沙丁魚
<ruby>石持<rt>いしもち</rt></ruby> 音 i.si.mo.chi	石首魚、 黃花魚
<ruby>鯵<rt>あじ</rt></ruby> 音 a.ji	竹筴魚
<ruby>鮭<rt>さけ</rt></ruby> 音 sa.ke	鮭魚
<ruby>鰤<rt>ぶり</rt></ruby> 音 bu.ri	鰤魚
<ruby>鮪<rt>まぐろ</rt></ruby> 音 ma.gu.ro	鮪魚

日 秋刀魚 （さんま） 音 sa.n.ma	中 秋刀魚
日 鰹 （かつお） 音 ka.tsu.o	中 鰹魚
日 鰻 （うなぎ） 音 u.na.gi	中 鰻魚
日 鱸 （すずき） 音 su.zu.ki	中 鱸魚
日 蛸 （たこ） 音 ta.ko	中 章魚
日 烏賊 （いか） 音 i.ka	中 烏賊、魷魚
日 海老 （えび） 音 e.bi	中 蝦
日 伊勢海老 （いせえび） 音 i.se.e.bi	中 龍蝦

日 蟹 (かに) 音 ka.ni	中 螃蟹
日 サザエ 音 sa.za.e	中 海螺
日 鮑 (あわび) 音 a.wa.bi	中 鮑魚
日 蛤 (はまぐり) 音 ha.ma.gu.ri	中 文蛤
日 浅利 (あさり) 音 a.sa.ri	中 海瓜子
日 海胆 (う に) 音 u.ni	中 海膽
日 海鼠 (なまこ) 音 na.ma.ko	中 海參
日 牡蠣 (か き) 音 ka.ki	中 牡蠣、蚵

日 銀行（ぎんこう） 音 gi.n.ko.o	中 銀行
日 お金（かね） 音 o.ka.ne	中 錢
日 お札（さつ）、紙幣（しへい） 音 o.sa.tsu si.he.i	中 鈔票、紙幣
日 小銭（こぜに） 音 ko.ze.ni	中 零錢、銅板
日 貯金（ちょきん） 音 cho.ki.n	中 存錢、儲蓄
日 口座番号（こうざばんごう） 音 ko.o.za.ba.n.go.o	中 帳號
日 預金通帳（よきんつうちょう） 音 yo.ki.n.tsu.u.cho.o	中 存摺
日 送金（そうきん） 音 so.o.ki.n	中 匯款

日 こぎって 小切手 音 ko.gi.t.te	中 支票
日 りょうがえ 両替 音 ryo.o.ga.e	中 換錢、兌換
日 キャッシュカード 音 kya.s.syu.ka.a.do	中 金融卡
日 クレジットカード 音 ku.re.ji.t.to.ka.a.do	中 信用卡
日 がいか 外貨 音 ga.i.ka	中 外幣
日 いんかん 印鑑 音 i.n.ka.n	中 圖章、印鑑
日 サイン、署名 しょめい 音 sa.i.n　sho.me.i	中 簽名

日 身分証明書 音 mi.bu.n.sho.o.me.i.sho	中 身分證
日 利子 音 ri.si	中 利息
日 現金 音 ge.n.ki.n	中 現金
日 振込み 音 fu.ri.ko.mi	中 匯款
日 手数料 音 te.su.u.ryo.o	中 手續費
日 為替レート 音 ka.wa.se.re.e.to	中 匯兌率
日 暗証番号 音 a.n.sho.o.ba.n.go.o	中 密碼
日 台湾ドル 音 ta.i.wa.n.do.ru	中 新台幣

日日本円 にほんえん **音** ni.ho.n.e.n	**中** 日幣
日 ドル **音** do.ru	**中** 美金
日 ユーロ **音** yu.u.ro	**中** 歐元
日 イギリスポンド **音** i.gi.ri.su.po.n.do	**中** 英鎊
日現金自動支払機 げんきんじどうしはらいき **音** ge.n.ki.n.ji.do.o.si.ha.ra.i.ki	**中** 自動櫃員機、ATM
日 トラベラーズ チェック **音** to.ra.be.ra.a.zu.che.k.ku	**中** 旅行支票

日 郵便局 ゆうびんきょく 音 yu.u.bi.n.kyo.ku	中 郵局
日 ポスト 音 po.su.to	中 郵筒
日 窓口 まどぐち 音 ma.do.gu.chi	中 窓口
日 手紙 てがみ 音 te.ga.mi	中 信、信紙
日 封筒 ふうとう 音 fu.u.to.o	中 信封
日 郵便番号 ゆうびんばんごう 音 yu.u.bi.n.ba.n.go.o	中 郵遞區號
日 受取人住所 うけとりにんじゅうしょ 音 u.ke.to.ri.ni.n.ju.u.sho	中 收件人地址
日 差出人住所 さしだしにんじゅうしょ 音 sa.shi.da.shi.ni.n.ju.u.sho	中 寄件人地址

日	中
葉書 はがき **音** ha.ga.ki	明信片
年賀状 ねんがじょう **音** ne.n.ga.jo.o	賀年卡
切手 きって **音** ki.t.te	郵票
郵便料金 ゆうびんりょうきん **音** yu.u.bi.n.ryo.o.ki.n	郵資
小包郵便物 こづつみゆうびんぶつ **音** ko.zu.tsu.mi.yu.u.bi.n.bu.tsu	小包裹
書留郵便 かきとめゆうびん **音** ka.ki.to.me.yu.u.bi.n	掛號信
速達 そくたつ **音** so.ku.ta.tsu	限時專送、快遞

日 普通郵便 ふつうゆうびん 音 fu.tsu.yu.u.bi.n	中 一般郵件
日 電報為替 でんぽうがわせ 音 de.n.po.o.ga.wa.se	中 電報
日 航空便 こうくうびん 音 ko.o.ku.u.bi.n	中 空運
日 船便 ふなびん 音 fu.na.bi.n	中 海運
日 台湾 たいわん 音 ta.i.wa.n	中 台灣
日 日本 にほん 音 ni.ho.n	中 日本
日 中国 ちゅうごく 音 chu.go.ku	中 中國
日 韓国 かんこく 音 ka.n.ko.ku	中 韓國

日 アメリカ 音 a.me.ri.ka	中 美國
日 イギリス 音 i.gi.ri.su	中 英國
日 フランス 音 fu.ra.n.su	中 法國
日 ドイツ 音 do.i.tsu	中 德國
日 イタリア 音 i.ta.ri.a	中 義大利
日 オーストラリア 音 o.o.su.to.ra.ri.a	中 澳洲

日 空港 くうこう 音 ku.u.ko.o	中 機場
日 乗客 じょうきゃく 音 jo.o.kya.ku	中 乗客
日 スッチュワーデス 音 su.c.chu.wa.a.de.su	中 空中小姐
日 スチュワード 音 su.chu.wa.a.do	中 空中少爺
日 航空券 こうくうけん 音 ko.o.ku.u.ke.n	中 機票
日 搭乗ゲート とうじょう 音 to.o.jo.o.ge.e.to	中 登機門
日 入国審査 にゅうこくしんさ 音 nyu.u.ko.ku.si.n.sa	中 入境審査

日	中
しゅっこくしんさ **出国審査** 音 shu.k.ko.ku.si.n.sa	出境審査
ぜいかん **税関** 音 ze.i.ka.n	海關
めんぜいてん **免税店** 音 me.n.ze.i.te.n	免税商店
こくないせん **国内線** 音 ko.ku.na.i.se.n.	國内線
こくさいせん **国際線** 音 ko.ku.sa.i.se.n.	國際線
リムジンバス 音 ri.mu.ji.n.ba.su	機場巴士
パスポート 音 pa.su.po.o.to	護照
ビザ 音 bi.za	簽證

日 出入国申告書 しゅつにゅうこくしんこくしょ 音 shu.tsu.nyu.u.ko.ku.si.n.ko.ku.sho	中 出入境申報單
日 外国人 がいこくじん 音 ga.i.ko.ku.ji.n	中 外國人
日 出向える でむか 音 de.mu.ka.e.ru	中 迎接
日 見送る みおく 音 mi.o.ku.ru	中 送行

日 通信 つうしん 音 tsu.u.si.n	中 通訊
日 インターネット 音 i.n.ta.a.ne.t.to	中 網路
日 メール 音 me.e.ru	中 郵件
日 ホームページ 音 ho.o.mu.pe.e.ji	中 首頁
日 掲示板 けいじばん 音 ke.i.ji.ba.n	中 布告欄、 BBS
日 情報 じょうほう 音 jo.o.ho.o	中 情報、資訊
日 個人情報 こじんじょうほう 音 ko.ji.n.jo.o.ho.o	中 個人資料
日 チャット 音 cha.t.to	中 線上即時通訊

日 接続 せつぞく 音 se.tsu.zo.ku	中 連線
日 通話 つうわ 音 tsu.u.wa	中 通話
日 携帯電話 けいたいでんわ 音 ke.e.ta.i.de.n.wa	中 手機
日 公衆電話 こうしゅうでんわ 音 ko.o.shu.u.de.n.wa	中 公共電話
日 市外局番 しがいきょくばん 音 si.ga.i.kyo.ku.ba.n	中 （電話） 區域號碼
日 メッセージ録音 ろくおん 音 me.s.se.e.ji.ro.ku.o.n	中 語音信箱
日 メールアドレス 音 me.e.ru.a.do.re.su	中 郵件地址
日 パスワード 音 pa.su.wa.a.do	中 密碼

日 コンピュータ 音 ko.n.pyu.u.ta	中 電腦
日 ノートパソコン 音 no.o.to.pa.so.ko.n	中 筆記型電腦
日 ハードウェア 音 ha.a.do.we.a	中 硬體
日 ハードディスク 音 ha.a.do.di.su.ku	中 硬碟
日 ソフトウェア 音 so.fu.to.we.a	中 軟體
日 オペレーティングシステム 音 o.pe.re.e.ti.n.gu.si.su.te.mu	中 作業系統
日 プログラム 音 pu.ro.gu.ra.mu	中 程式
日 インストール 音 i.n.su.to.o.ru	中 安裝

日 文書 ぶんしょ 音 bu.n.sho	中 文件
日 キー 音 ki.i	中 按鍵
日 キーボード 音 ki.i.bo.o.do	中 鍵盤
日 マウス 音 ma.u.su	中 滑鼠
日 マウスパッド 音 ma.u.su.pa.d.do	中 滑鼠墊
日 モニター 音 mo.ni.ta.a	中 顯示器
日 モデム 音 mo.de.mu	中 數據機
日 データベース 音 de.e.ta.be.e.su	中 資料庫
日 ネットワーク 音 ne.t.to.wa.a.ku	中 網路

日 バグ 音 ba.gu	中 錯誤
日 ハッカー 音 ha.k.ka.a	中 駭客
日 プリント 音 pu.ri.n.to	中 列印
日 プリンター 音 pu.ri.n.ta.a	中 印表機
日 レーザープリン 　 ター 音 re.e.za.a.pu.ri.n.ta.a	中 雷射印表 　機
日 スキャナー 音 su.kya.na.a	中 掃描器
日 モバイル 音 mo.ba.i.ru	中 行動通信
日 データ 音 de.e.ta	中 數據、資 　料

日 ファイル 音 fa.i.ru	中 檔案
日 編集 (へんしゅう) 音 he.n.syu.u	中 編輯
日 表示 (ひょうじ) 音 hyo.o.ji	中 檢視
日 挿入 (そうにゅう) 音 so.o.nyu.u	中 插入
日 書式 (しょしき) 音 syo.shi.ki	中 格式
日 ツール 音 tsu.u.ru	中 工具
日 カーソル 音 ka.a.so.ru	中 游標
日 デスクトップ 音 de.su.ku.to.p.pu	中 桌面

日 フォルダ 音 fo.ru.da	中 文件夾
日 アイコン 音 a.i.ko.n	中 圖示
日 ウインドウ 音 u.i.n.do.o	中 視窗
日 メモリ 音 me.mo.ri	中 記憶體
日 ディスクドライブ 音 di.su.ku.do.ra.i.bu	中 磁碟機
日 フロッピーディスク 音 fu.ro.p.pi.i.di.su.ku	中 磁碟
日 ハブ 音 ha.bu	中 集線器
日 周辺機器（しゅうへんきき） 音 shu.u.he.n.ki.ki	中 週邊設備

日 インターネット 音 i.n.ta.a.ne.t.to	中 網際網路
日 アドレス 音 a.do.re.su	中 網址
日 ブロードバンド 音 bu.ro.o.do.ba.n.do	中 寬頻
日 プロバイダー 音 pu.ro.ba.i.da.a	中 網路供應商
日 ドメイン名 音 do.me.i.n.me.i	中 域名
日 ユーザー名 音 yu.u.za.a.me.i	中 用戶名
日 サーバー 音 sa.a.ba.a	中 伺服器
日 Eメール 音 i.i.me.e.ru	中 電子郵件

日 ワールドワイド ウェブ 音 wa.a.ru.do.wa.i.do.we.bu	中 全 球 資 訊 網 、 WWW
日 アットマーク 音 a.t.to.ma.a.ku	中 電子郵件符號
日 ドット 音 do.t.to	中 點
日 スラッシュ 音 su.ra.s.shu	中 斜線號
日 ハイフン 音 ha.i.fu.n	中 連字號
日 ネットサーフ 音 ne.t.to.sa.a.fu	中 瀏覽網頁
日 サーチエンジン 音 sa.a.chi.e.n.ji.n	中 搜尋引擎

日 新聞 しんぶん 音 si.n.bu.n	中 報紙
日 雑誌 ざっし 音 za.s.si	中 雜誌
日 ニュース 音 nyu.u.su	中 新聞
日 政治 せいじ 音 se.i.ji	中 政治
日 経済 けいざい 音 ke.i.za.i	中 經濟
日 文化 ぶんか 音 bu.n.ka	中 文化
日 宗教 しゅうきょう 音 shu.u.kyo.o	中 宗教
日 生活 せいかつ 音 se.i.ka.tsu	中 生活

日 平和 へいわ	中 和平
音 he.i.wa	
日 戦争 せんそう	中 戰爭
音 se.n.so.o	
日 交通事故 こうつうじこ	中 交通事故
音 ko.o.tsu.u.ji.ko	
日 火事、火災 かじ かさい	中 火災
音 ka.ji　ka.sa.i	
日 重軽傷 じゅうけいしょう	中 重輕傷
音 ju.u.ke.i.sho.o	
日 裁判 さいばん	中 判決
音 sa.i.ba.n	
日 社会 しゃかい	中 社會
音 sha.ka.i	
日 国会 こっかい	中 國會
音 ko.k.ka.i	

日 自由 <ruby>じゆう</ruby>	中 自由
音 ji.yu.u	
日 株式会社 <ruby>かぶしきがいしゃ</ruby>	中 股份公司
音 ka.bu.si.ki.ga.i.sha	
日 投資 <ruby>とうし</ruby>	中 投資
音 to.o.si	
日 事件 <ruby>じけん</ruby>	中 事件
音 ji.ke.n	
日 労働者 <ruby>ろうどうしゃ</ruby>	中 勞工
音 ro.o.do.o.sha	
日 ストライキ	中 罷工
音 su.to.ra.i.ki	
日 デモ	中 示威遊行
音 de.mo	

日 職業 しょくぎょう	中 職業
音 sho.ku.gyo.o	

日 医者 いしゃ	中 醫生
音 i.sha	

日 イラストレーター	中 插畫家
音 i.ra.su.to.re.e.ta.a	

日 運転手、 うんてんしゅ ドライバー	中 司機
音 u.n.te.n.shu do.ra.i.ba.a	

日 エンジニア	中 工程師
音 e.n.ji.ni.a	

日 音楽家 おんがくか	中 音樂家
音 o.n.ga.ku.ka	

日 会社員 かいしゃいん	中 公司職員
音 ka.i.sha.i.n	

日 画家 がか 音 ga.ka	中 畫家
日 写真家 しゃしんか 音 sha.si.n.ka	中 攝影師
日 看護婦 かんごふ 音 ka.n.go.fu	中 女護士
日 教員 きょういん 音 kyo.i.n	中 教師、教職員
日 漁師 りょうし 音 ryo.o.si	中 漁夫
日 銀行員 ぎんこういん 音 gi.n.ko.o.i.n	中 銀行職員
日 警察官 けいさつかん 音 ke.i.sa.tsu.ka.n	中 警察、警官
日 芸術家 げいじゅつか 音 ge.i.ju.tsu.ka	中 藝術家

日 建築家 けんちくか 音 ke.n.chi.ku.ka	中 建築家
日 工員 こういん 音 ko.o.i.n	中 工人
日 公務員 こうむいん 音 ko.o.mu.i.n	中 公務員
日 裁判官 さいばんかん 音 sa.i.ba.n.ka.n	中 法官
日 左官 さかん 音 sa.ka.n	中 泥水匠
日 作家 さっか 音 sa.k.ka	中 作家
日 商 人 しょうにん 音 sho.o.ni.n	中 商人
日 消防士 しょうぼうし 音 sho.o.bo.o.si	中 消防員

日 **職人** しょくにん 音 sho.ku.ni.n	中 工匠
日 **新聞記者** しんぶんきしゃ 音 si.n.bu.n.ki.sha	中 新聞記者
日 **スタイリスト** 音 su.ta.i.ri.su.to	中 造型設計師
日 **政治家** せいじか 音 se.i.ji.ka	中 政治家
日 **セールスマン** 音 se.e.ru.su.ma.n	中 推銷員、銷售員
日 **船長** せんちょう 音 se.n.cho.o	中 船長
日 **船員** せんいん 音 se.n.i.n	中 船員、水手
日 **大工** だいく 音 da.i.ku	中 木匠

日 通訳 つうやく 音 tsu.u.ya.ku	中 口譯員
日 デザイナー 音 de.za.i.na.a	中 設計師
日 店員 てんいん 音 te.n.i.n	中 店員
日 判事 はんじ 音 ha.n.ji	中 法官、審判員
日 秘書 ひしょ 音 hi.sho	中 秘書
日 美容師 びようし 音 bi.yo.o.si	中 理髪師
日 不動産屋 ふどうさんや 音 fu.do.o.sa.n.ya	中 房地產仲介商
日 弁護士 べんごし 音 be.n.go.si	中 律師

日 編集者 へんしゅうしゃ 音 he.n.shu.u.sha	中 編輯
日 薬剤師 やくざいし 音 ya.ku.za.i.si	中 藥劑師

生活會話

生活會話

日 あいさつ
中 打招呼

日 おはようございます。
中 早安。

日 こんにちは。
中 午安。

日 こんばんは。
中 晚安。

日 おやすみなさい。
中 晚安。

日 はじめまして。
中 初次見面。

日 お元気ですか。
中 你好嗎？

日 調子はどうですか。
中 近來如何？

日 はい、元気です。あなたは？
中 我很好。那你呢？

日 まあどうということもなくやってます。
中 沒什麼、就那樣。

日 まあまあです。
中 馬馬虎虎。

日 お久ぶりです。
中 好久不見。

日 会えてうれしいです。
中 很高興見到您。

日 またいつかお会いしたいです。
中 希望能再和您見面。

日 また明日。
中 明天見。

日 また近いうちに。
中 再見。

日 じゃあ、またあとで。
中 待會兒見。

日 よい一日を。
中 祝你有美好的一天！

日 よい週末を。
中 祝你有個美好的周末！

日 どうぞ、楽しい旅を。
中 祝旅途愉快！

日 あなたもね！
中 你也是！

日 さようなら。
中 再見。

日 バイバイ。
中 拜拜。

日 予約
中 預約

日 いつお会いしましょうか。
中 什麼時候見面？

日 5時でご都合はいかがでしょうか。
中 5點方便嗎？

日 何曜日がいいですか。
中 星期幾好呢？

日 金曜日はいかがですか。
中 星期五如何呢？

日 私はそれで結構です。
中 我可以。

日 レストランに電話して席を予約したら？
中 要不要打電話到餐廳預約？

日 お約束ですか。
中 您有約了嗎？

日 予約が必要ですか。
中 需要預約嗎？

日 3時に歯医者の予約があります。
中 3點約好要去看牙醫。

日 時間・期日・季節
中 時間・日期・季節

日 今、何時ですか。
中 請問現在幾點？

日 2時です。
中 2點。

日 9時を回ったところです。
中 剛過9點。

日 一時半です。／1時 3 0分です。
中 1點半。／1點30分。

日 4時１５分です。
中 4點15分。

日 6時5分前です。
中 差5分6點。

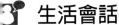

日 私の時計は少し遅れています。
中 我的時鐘有點慢。

日 私の時計は少し進んでいます。
中 我的時鐘有點快。

日 今日は何日ですか。
中 今天幾號？

日 10月 2 7 日です。
中 10月27日。

日 こちらへは12月 1 7日に来ました。
中 我12月17日來這裡的。

日 今日は何曜日ですか。
中 今天星期幾？

日 火曜日です。
中 星期二。

日 彼とは木曜日に会います。
中 週四要和他見面。

日 先週の水曜日は大雪でした。
中 上週三下大雪。

日 6月に（の上旬に）ソウルへ出発します。
中 6月（上旬）出發去首爾。

日 季節でいちばん好きなのはどれですか。
中 最喜歡哪個季節？

日 春がいちばん好きです。
中 我最喜歡春天。

日 秋がいちばん好きです。
中 我最喜歡秋天。

日 夏に水泳に行きます。
中 夏天去游泳。

日 冬にスキーに行きます。
中 冬天去滑雪。

國家圖書館出版品預行編目資料

生活日語單字／日語編輯小
組主編.--初版--.--臺北
市：書泉,2012.03
　面；　公分
ISBN 978-986-121-734-5
　（平裝附光碟片）
1.日語 2.詞彙
803.12　　　　101000496

3AJ0

生活日語單字

主　　　編 ― 日語編輯小組

發 行 人 ― 楊榮川

總 編 輯 ― 龐君豪

封面設計 ― 吳佳臻

出 版 者 ― 書泉出版社

地　　　址：106台北市大安區和平東
　　　　　　路二段339號4樓

電　　　話：(02)2705-5066

傳　　　真：(02)2706-6100

網　　　址：http://www.wunan.com.tw

電子郵件：shuchuan@shuchuan.
　　　　　　com.tw

劃撥帳號：01303853

戶　　　名：書泉出版社

總 經 銷 ― 聯寶國際文化事業有限公司

電　　　話：(02)2695-4083

地　　　址：新北市汐止區康寧街169
　　　　　　巷27號8樓

法律顧問　元貞聯合法律事務所
　　　　　　張澤平律師

出版日期　2012年3月初版一刷

定　　　價　新臺幣170元